DISNEY

冰雪奇缘

注音故事书
艾莎的神秘礼物

[美]迪士尼公司 著

伍美珍儿童文学工作室 改编

浙江少年儿童出版社·杭州

目录

第一章
爱意满满的礼物

"哇！找到啦找到啦！"

雪宝站在一片深深的草丛里，大声喊起来。高高的青草在春风里摇摆，雪宝也一脸兴奋地冲安娜和艾莎摇摆着他的一只手，那手上攥着一根细长的胡萝卜。

"谢天谢地！"艾莎松了一口气。她们帮雪宝找胡萝卜鼻子都找了一个小时啦，因为刚才玩捉迷藏的时候，

雪宝居然把鼻子给弄丢了！还好现在找回来了，雪宝噗的一下，把鼻子按回了自己的脸上。

"嘿嘿，肯定是捉迷藏太好玩了，我的鼻子也想躲起来玩玩！"雪宝调皮地说。

"那它捉迷藏的技术可比你好多了，你藏得也太好找了吧，我没用五分钟就找到你了！"安娜说着，把雪宝的鼻子扭扭正，"好啦，玩了这么久，现在也到吃晚饭的时候了。你们饿了吗？"

话音刚落，艾莎的肚子就咕噜了

艾莎的神秘礼物

一声。

"嗯，看来我是饿了。"艾莎挽住妹妹的胳膊，抓起雪宝的手，准备回城堡去。

他们刚走过城堡的大门，管家凯伊就迎了上来："下午好，陛下。您有一份特殊的包裹。"

"包裹？"艾莎面露疑色，"我哪有什么包裹……谁寄来的？"

"这个恕我无从得知。"凯伊答道。他领着他们到了艾莎的书房，在她的书桌上，果真躺着一个盒子，外面包着皱巴巴的棕色信纸，上面

草草扎着一条丝带。

"肯定是谁给你的惊喜吧！"安娜期待地看着包裹。

"哇，很神秘的样子！"雪宝也拍着手激动地说。

艾莎好奇地端起包裹，摇了摇。从这个闷闷的撞击声判断，里头应该是某种结实的固体？

这时，安娜凑了过来，皱了皱鼻子，说："什么味道哇？"

她这么一说，艾莎也凑近闻了闻："嗯……有种咸味……这味道让我想到了……大海。"

"大海？"雪宝睁大了眼睛，"我知道是谁寄的了。是海盗！"

"海盗给艾莎寄包裹干吗呀？"安娜哭笑不得。

"那谁知道呢，海盗都神神秘秘的。"雪宝耸耸肩。

艾莎笑笑说道："我直接打开包裹不就真相大白了么。"她小心地解开丝带，又轻轻剥开包装纸，掀开盒盖——只见里头是个椭圆形的东西，外面还裹着一层纸。

她把那个东西拿了出来。哎呀，触感居然还凉凉的。

"到底是什么啊？"安娜迫不及待地想看到这东西的真面目。

艾莎拆开第二层包装——咕咚！一条冻鱼滚了出来。

"这……"艾莎惊讶极了，"这礼物……真是很……很别致。呃……是不是搞错了呀？这应该是寄给厨师长的吧？"

"就是给您的，没错。"凯伊说着，指了指刚刚被剥下来的包装纸。那上面还粘着一个小信封，上头写着"艾莎收"呢。

艾莎取下小信封，从里面掏出一

zhāng xiǎo kǎ piàn　　kǎ piàn shang wāi wāi niǔ niǔ de xiě zhe

张 小 卡 片，卡 片 上 歪 歪 扭 扭 地 写 着：

wǒ wèi le nǐ nì liú ér lái

我 为 了 你 逆 流 而 来。

zé zé　　shéi jì de a　　ān nà de yǎn

"啧 啧……谁 寄 的 啊？"安 娜 的 眼

jing li rán qǐ le bā guà de xiǎo huǒ miáo

睛 里 燃 起 了 八 卦 的 小 火 苗。

"落款人写的是……'你的仰慕者'。"艾莎告诉她。

"仰慕者？我喜欢仰慕者！"雪宝听了欢喜得跳起来，然后下一秒却趴在安娜耳朵旁问："仰慕者是什么东西？"

安娜咯咯地笑起来，说："就是喜欢你的人，但现在我们还不知道他是谁。"

"哇！好神秘！"雪宝恍然大悟。

"对啊对啊！"安娜坏笑起来，"很有八卦味的神秘。"

安娜不禁开始猜测：谁会这么神

秘地给艾莎送礼物呢？肯定是喜欢艾
莎的人，可问题是喜欢她的人太多
了，全阿伦黛尔的人都喜欢她呀。

"你觉得是谁呢？"安娜只好问问
当事人。

艾莎也一脸迷茫："我不知道。"
她心里觉得怪怪的。被人喜欢虽然是
好事，可是搞得这么神神秘秘、偷偷
摸摸的，又让她不太舒服。

安娜皱起眉头，好好思考起来：
"说不定是哪个王室追求者。"

"王室追求者！我喜欢王室追求
者！"雪宝又一惊一乍地叫起来，

"咦？刚才不是说是仰慕者吗？王室追求者又是什么？"

"就是能跟公主、女王相配的人。"安娜告诉他，"当然啦，王室追求者看起来风光，实际上很可能心怀鬼胎。你记得汉斯吧？"

啊，汉斯！雪宝当然记得！他假装自己喜欢安娜，实际上是想篡夺王位。雪宝谁都喜欢，就是不喜欢汉斯。一想到他，雪宝就直犯恶心："呕！"

"哈哈哈，他是很恶心。"安娜笑起来，"不过大部分王室追求者都英

俊潇洒、正直帅气。你看，在童话故事里，公主和王子总是幸福地生活在一起，收获了完美的爱情。"

"我喜欢完美的爱情！"雪宝这下彻底听懂了。

"我也是。"安娜憧憬地说，"哇，说不定寄这个礼物的人就是一位王子，他即将骑着白马来阿伦黛尔，然后给艾莎来个公主抱！就像童话里的画面一样！"

看着妹妹和雪宝陷入梦幻的想象中无法自拔，艾莎无情地打破了他们的幻想："醒醒，你们都想哪儿去

了？这又不是什么钻石戒指，是一条鱼啊，一条鱼。"

"一条充满爱意的鱼。"雪宝嘻嘻一笑，笑容里别有深意。

"那我该怎么处理这条……充满爱意的鱼呢？"凯伊请示道。

艾莎的肚子很应景地咕噜了一声，她不动声色地吞吞口水，说道："拿到厨房去，今晚就吃鱼吧。"

"不行啊！这可是定情信物！"雪宝抗议道。

"就是！不仅是定情信物，还是一条线索呢！有了线索，我们才好找出

那个仰慕者到底是谁。"安娜附议。

"你们今天找东西还没找够吗?"艾莎拍了拍雪宝的胡萝卜鼻子。

她把那条鱼包好,重新交给凯伊。

鱼就要被这样吃掉了吗?雪宝很是沮丧。

"没关系,雪宝,"安娜拍拍他的肩膀,悄悄跟他说,"等着瞧吧,这个仰慕者肯定很快就忍不住要公开表白了。"

第二章

第二份 "惊喜"

第二天，安娜和艾莎正在吃午饭，雪宝忽然蹦跶着跑进了餐厅，嘴里还开心地叫着："你们快看哪！新礼物来啦！"

凯伊紧随其后，慢慢地走了进来，他手上端着一尊沉甸甸的冰雕，看起来不太轻松的样子。

"天哪！"艾莎只看了一眼，嗓子眼就一哽。

那冰雕被凯伊小心地放在了桌子中央，看起来，雕的是一个女生的头像。

"这……是你吗？"安娜看看雕像，又看看艾莎。

"可能是吧……你看，她也有条辫子。"艾莎哭笑不得。除了辫子，也实在没有什么像她的地方了——雕像的脸部特征很难辨认，因为冰都开始融化了。

"对对对，肯定是你！"安娜确认道。

"这次有没有什么留言？"艾莎

wèn dào
问道。

dāng rán yǒu la　　xuě bǎo huī wǔ qǐ xiǎo shǒu
"当然有啦!"雪宝挥舞起小手

bì　　bǎ yī juǎn zhǐ dì gěi ài shā　　kuài dǎ kāi kàn
臂，把一卷纸递给艾莎，"快打开看

kàn　shuō bu dìng zhè cì rén jia de shēn fèn jiù yào jiē xiǎo
看!说不定这次人家的身份就要揭晓

le ne
了呢。"

ài shā dǎ kāi zhǐ juǎn　　dú dào
艾莎打开纸卷，读道：

nǐ tài guò měi mào　　yǔ zhī xiāng pèi de zhǐ yǒu bīng
你太过美貌，与之相配的只有冰

diāo
雕。

zhè cì yǒu méi yǒu xiě míng zi　　xuě bǎo hěn bā
"这次有没有写名字?"雪宝很八

guà de shēn cháng le bó zi
卦地伸长了脖子。

méi yǒu　　hái shi shàng cì nà ge luò kuǎn
"没有，还是上次那个落款，"

艾莎答道，"你的仰慕者。"

安娜的好奇心简直要爆炸开了，

她把纸卷要到手，仔细研究了起来：

"字迹也和上次一样。"

"肯定是同一个人啦！"雪宝说。

"没错，"安娜点点头，"而且，我觉得这个人好像……刚学会写字？"

"啊？什么意思？"雪宝挠挠头。

艾莎听了，也歪过头去看那歪七扭八的字迹，"你是说，可能是个小孩子写的？"她转身去问管家，"凯伊，这次的礼物是在哪儿发现的？"

"就是上次发现那条鱼的地方，陛下。在庭院里的一个喷泉旁边。"凯伊答道。

艾莎想了想，继续追问："有没有人看到是谁放在那儿的？"

"没有呢，"凯伊摇摇头，"今早

庭院里事务不断，有送冰的人来，有送食材的人来，大家来来往往的，没人注意。"

"嗯……有意思。"艾莎若有所思。

"我知道啦！"雪宝突然跳了起来，喊道，"这个冰雕，一定是用魔法雕的！"

是用魔法雕的吗？安娜再次打量这尊冰雕。

好像不是吧，冰面上还留着凿子凿过的痕迹呢。看来这个人字写得歪歪扭扭，雕刻的技术也很勉强。不过，虽然这颗"艾莎的头"歪歪斜斜

的，但能瞧出来做它的人是花了心思的，呃，虽然做得不怎么像……

安娜将自己观察到的手工痕迹指给雪宝看。艾莎也说："据我所知，我应该是整个阿伦黛尔唯一一个会魔法的。"

好吧，看来确实跟魔法无关。雪宝皱起了眉头，不过，他又猜到一个新的可能："也许这个人喜欢雪？"

安娜说："拜托，这是阿伦黛尔，这里的所有人都喜欢雪。"

也对。哎呀，真讨厌，难道就挖不出其他什么有用的线索了吗？

雪宝迈动雪球做的小脚，踱来踱去，脑子里开始胡乱猜想："那他是谁呢？是采冰的吗？哎哟，搞不好他自己就是冰雪做的？啊！啊啊啊！那不就是我了吗？"

"雪宝，"艾莎很无语，"如果是你的话，你还会在这猜来猜去？"

"哎，对啊。"雪宝这才反应过来。

凯伊见状，只好重新端起那尊冰雕："我把这个放到雕像展厅去吧，陛下。趁着还没化，还能给展厅增添点不一样的感觉……"

"谢谢你。"艾莎微微颔首。

凯伊缓缓退出房间，艾莎也跟着离开了，现在她要去会客厅面见国民。阿伦黛尔的国民每周都会来城堡里，就大大小小的事宜，向女王请示。

见姐姐走了，安娜冲雪宝眨眨眼，小声说道："轮到我们大显身手啦！我们一定要揭开这个仰慕者的真实身份！"

"好啊！"雪宝跟着欢呼起来，"可是怎么找到他呢？"

安娜两手交叉在胸前，稍微一想，就有了主意：既然两件礼物都是在庭院里发现的，说不定这个仰慕者

就住在城堡里。就从这里着手调查吧!

"真相往往就藏在眼皮底下。我们就从眼皮底下开始!"安娜宣布。

"好啊!咦,眼皮底下不是鼻子吗?"雪宝说。

"我是说眼前的这座城堡啦!"安娜解释道。她带着雪宝走出餐厅,走进一条长廊。这座城堡里,有很多秘密的角落,说不定那个仰慕者就藏在什么地方呢。巧就巧在,安娜对整座城堡了如指掌,没有她不知道的秘密角落。

大侦探安娜出发了!

第三章

秘密通道

“哇！”雪宝发出了惊喜的欢呼声。因为，安娜的卧室里，居然有一条秘密通道！

秘密通道就藏在大衣柜的后面，安娜和雪宝齐心协力把重重的衣柜推到了一旁，露出墙上嵌着的一道门来。

一开始，雪宝都没瞧出来那里还有扇门，因为它太隐蔽了，和图案精

zhì de bì zhǐ róng wéi yī tǐ　　bù zǐ xì kàn gēn běn kàn
致 的 壁 纸 融 为 一 体 ， 不 仔 细 看 根 本 看

bù chū lái
不 出 来 。

　　　　mén zài nǎr　ne　　xuě bǎo yí huò de wèn
　　　"门 在 哪 儿 呢 ？" 雪 宝 疑 惑 地 问 。

　　　　kàn　　jiù zài zhèr　　　　ān nà shēn chū shǒu
　　　"看 ， 就 在 这 儿 。" 安 娜 伸 出 手

zhǐ　　zài qiáng zhǐ shang miáo chū yī dào jī hū kàn bù jiàn
指 ， 在 墙 纸 上 描 出 一 道 几 乎 看 不 见

de fèng　　xuě bǎo de shì xiàn gēn zhe tā de shǒu zhǐ yí
的 缝 。 雪 宝 的 视 线 跟 着 她 的 手 指 移

动，终于看清了那扇门的形状。

安娜用力一推，它就开了，露出了一条黑漆漆的通道。她从旁边的小桌子上拿起一盏油灯，举在眼前，然后迈进了秘密通道。雪宝的心怦怦直跳，兴奋地跟了上去。

"我很小的时候就知道城堡里有许多秘密通道啦，"安娜在漆黑中前进，边走边向雪宝解释，"我那时好像还不到四岁，有一天，艾莎和我在玩捉迷藏，我躲到了画廊里的挂毯后面，结果往墙上一靠，就跌进了一个秘密的门洞里。"

"哇，太神奇了！太美慕了！"雪宝发出一声赞叹。

"那个时候，艾莎和我成天在这些秘密通道里钻来钻去的，不过我们也好久没进来了。"安娜说。

"难怪这里挂满了蜘蛛网。"雪宝指指头顶。刚说完，一张又大又黏的蜘蛛网就差点挂在了他头上，吓得他又吹又拍地把它赶走。

安娜不置可否地耸耸肩："秘密通道本来就是秘密的，谁还专门跑进来打扫呀？"

说着说着通道突然就变宽了，安

娜和雪宝可以并排走了。安娜悄悄地告诉雪宝："我们快到啦。"

"快到哪儿了？"雪宝一头雾水。

"到我们调查的第一站。"安娜眨眨眼。说完，她往左拐了个弯，消失在黑暗中。雪宝赶紧迈着小碎步跟上去，走了一会儿才看到安娜，她正靠在一堵墙上，从一个方形洞口那儿往外望。

"墙上还有个洞啊？"雪宝觉得刺激极了。

"嘘——"安娜让雪宝安静，"我们现在的位置，是城堡的厨房——的

qiáng hòu miàn
墙后面。"

xuě bǎo de gè zi tài ǎi le yú shì ān nà yī
雪宝的个子太矮了，于是安娜一

bǎ bǎ tā bào qǐ lái ràng tā yě còu shàng nà ge fāng xíng
把把他抱起来，让他也凑上那个方形

dòng kǒu cháo wài wàng zài qiáng de lìng yī biān tián pǐn
洞口朝外望。在墙的另一边，甜品

shī hé tā de zhù shǒu zhèng zài máng qián máng hòu de zhǔn bèi
师和他的助手正在忙前忙后地准备

zhe cān diǎn
着餐点。

zài lái diǎn miàn fěn kuài diǎn tián pǐn shī fēn
"再来点面粉！快点！"甜品师吩

fù zhe liǎng míng zhù shǒu duān qǐ yī mǎn guàn miàn fěn
咐着。两名助手端起一满罐面粉，

dào zài dà dà de jiǎo bàn wǎn li
倒在大大的搅拌碗里。

jī dàn jī dàn tián pǐn shī mǎn tóu dà hàn
"鸡蛋！鸡蛋！"甜品师满头大汗

de fā bù zhǐ lìng
地发布指令。

lìng yī míng zhù shǒu gǎn jǐn shàng qián wǎng jiǎo bàn
另一名助手赶紧上前，往搅拌

wǎn li dǎ le gè jī dàn tián pǐn shī mǎ shàng shǒu chí jiǎo
碗里打了个鸡蛋，甜品师马上手持搅

拌勺，开始卖力地搅拌起来。

"看起来好像是在做好吃的呢。"雪宝舔了舔嘴。

"让我看看。"安娜挤到雪宝旁边，凑上洞口。

助手们现在正往那个搅拌碗里倒牛奶。

"小心点！别倒多了！"甜品师说，"这可是她最喜欢吃的！不许出一点错！"他娴熟地搅拌着面糊，一直搅啊搅啊，搅到面糊变得丝滑、柔软。

"他们到底在做什么呀？"雪宝好奇地问。

"我觉得是在做蛋糕。"安娜猜道。

"为什么要做蛋糕呢？有谁过生日吗？"雪宝思索起来。

对呀，安娜确定一定以及肯定，这周没有人过生日。那就肯定不是生日蛋糕。

"到底是给谁的呢？甜品师刚才说：'这是她最喜欢吃的。'她是谁？"雪宝悄悄地说。

"问得好，我也不知道。"安娜摇摇头。

下周，艾尔多拉的玛丽索尔女王

要来拜访，可那是下周呢，蛋糕不用现在就做。今天也没有什么特别的客人要来吃饭呀。除非……

"雪宝，我知道啦！这蛋糕是给艾莎的！甜品师就是那个仰慕者！"安娜激动地宣布"真相"。

"谜底解开了！"雪宝开心地叫出了声。

"嘘！"安娜吓得捂住他的嘴。

厨房里，甜品师停下了手中的工作。他竖起耳朵听了听，问道："你们有没有听到什么声音？"

助手们都摇了摇头，大家的注意

力都在面糊上，谁也没听到。

可能是听错了吧，这位甜品师又

重新忙活起来。

面糊搅好了。甜品师从旁边的碗

橱上拿下几个圆圆的烤盘，搁在炉

火上加热。等到烤盘变热乎了，他又

端起那个大大的搅拌碗，小心、均匀

地把刚搅好的面糊倒进烤盘里。

安娜仔细地观察着他的一举一

动——看，他那么小心，那么仔细，

只有给自己仰慕的人做蛋糕，才会这

么细心哪！

不行，是时候彻底揭开真相了！

安娜迫不及待地摸到一旁，推开了一扇通往厨房的暗门。她和雪宝溜进厨房，蹑手蹑脚地来到了甜品师的背后。

"哈！被我们抓到啦！"雪宝出其不意地嚷起来。

甜品师吓得差点把手里的面糊给甩到天花板上去。

"哎哟，吓死人了！我的面糊啊！"甜品师惊魂未定，"你们从哪儿钻出来的？"

"保密！"雪宝得意地说，"但是你是不是也有小秘密呀，嗯？"他意味

深长地说着，冲甜品师眨了眨眼。

甜品师实在有点摸不着头脑，他转头看看安娜，可是安娜也对他露出一种莫名的微笑，说道："别装了，我们都知道了！另外那两份礼物都是你送的吧？"

"什么礼物？"可怜的甜品师大脑一片空白。

"还装？"安娜拍拍他的肩膀。

雪宝可忍不住了，他开心地拍着手说："你就是仰慕艾莎的人！"

"我？仰慕艾莎？"甜品师简直不敢相信自己的耳朵。

042

"不然呢？你看你还在这给她做蛋糕呢。"安娜指了指装着未完成的蛋糕的烤盘。

甜品师这才反应过来，他端起搅拌碗，递给安娜。

安娜凑近搅拌碗闻了闻，又用手蘸了点面糊尝了尝，然后，她的眼睛突然睁大了，失声叫道："这是我最喜欢的香脆薄饼！"

"没错。"甜品师答道。

"啊？"雪宝突然泄了气，"那你不是那个仰慕艾莎的人啊？"

"什么仰慕不仰慕的，我都不知

道你们在说些什么。"甜品师说，

"我只知道安娜公主你最近想吃香脆

薄饼，你说了好几次了。"

"咳咳……对对对。"安娜突然不

好意思起来——她自己都把这事儿给

忘了。

"不好意思啊，闹了点小乌龙。"

安娜挠挠头，小心翼翼地拉着雪宝退

出厨房。

所以甜品师并不是在为艾莎准备

什么礼物，是她弄错啦！好吧，刚才

还以为发现了真相呢，现在一切都要

从头开始了。

"那我们继续调查其他地方？"雪宝倒是热情高涨。

"嗯，继续。"安娜说。虽然厨房里弥漫着她喜欢的香味，但是现在，真正能吸引她的，只有那位仰慕者的秘密。

大侦探安娜，要继续调查啦。

第四章
缝纫室里的闹剧

安娜和雪宝又在城堡里穿梭起来。这里的秘密通道可真多呀，它们伸入雕像展厅，伸入舞会厅，甚至连图书馆里也有一条。

不过他们俩跑来跑去，什么新发现也没有，城堡里的每个人都一如往常，没什么异样。

是不是应该去城堡外面转转，换个思路找线索呢？

就在这时，安娜听见了一个古怪的声音。

"你听到了吗，雪宝？"安娜竖起耳朵听了听，说，"好像有人在唱歌。"

雪宝也仔细听了起来。真的有一个柔软的嗓音轻飘飘地飘过来，在秘密通道里也能听得格外清楚。那人在哼着一支可爱的小曲，可是，到底是谁呢？

"不知道是从哪里传来的呀？"雪宝喃喃地问道。

"去找找就知道啦！"安娜拉着雪宝，沿着秘密通道往前走，一直循着

歌声找去。

"到了到了，就在这里，在墙那一边。"雪宝小声说。他们终于找到了那个歌声的来源。

安娜迅速在墙上找到了一个可以偷窥的小孔，她迫不及待地望出去——原来外面是缝纫室。专门为王室缝制裙子的缝纫师莫伦，正在努力工作呢。

莫伦一边干着活儿，一边哼着小曲儿。她的蓝眼睛闪闪发光，一缕松动的红头发从她梳好的发髻上滑了下来。

她面前的假人模特身上套着一件漂亮的舞会礼服，礼服是淡紫色的，在窗外的光线投射下，那上面缀的小珠子和她的眼睛一样，正闪闪发光呢。宽大的裙摆直直垂到地面，柔软地团成一团。莫伦抓住裙摆，把它们用别针固定起来。

"好漂亮的舞裙啊……"安娜看得津津有味。

"我也要看，我也要看！"雪宝吵着说。

安娜从下面托了雪宝一把，这样他才能够着那个小孔。

"哇！"雪宝盯着那件衣服看了好久，忍不住赞叹起来，"超美的！好有女王范儿呀！"

一听这话，安娜激动得直跺脚："雪宝！你简直是天才！"

"啊？为什么呀？"雪宝不明所以，问道。

"你这就叫'一语道破天机'！"安娜开心地说，"那件裙子很有女王范儿——说不定就是给艾莎的礼物！"

她开心地往墙上一靠，谁知，背后的墙上有一扇隐藏的门，被她这么一靠，直接打开了。

安娜跌进了缝纫室，雪宝也激动地跳了出去，他还以为安娜是故意跑出来的呢。

"哈哈！又被我们抓了个现行！"雪宝冲着莫伦叫起来。

可怜的莫伦被吓了个人仰马翻，她两手一扬，直接打倒了面前那个假人模特。

那件漂亮的裙子被扯得一团糟，裙摆一扬，把雪宝给罩了进去。这下可好，艾莎的衣服"穿"在了雪宝的身上。

"你们这是要干吗？吓死人了！"

mò lún jīng hún wèi dìng
莫伦惊魂未定。

　　　　　　yí　　　　wǒ zěn me kàn bù jiàn la　　　　xuě bǎo yě
　　　　"咦，我怎么看不见啦？"雪宝也

jiào dào　　　　tā bèi qún zi guǒ zhù　　diē diē zhuàng zhuàng de
叫道，他被裙子裹住，跌跌撞撞地

dào chù xiā pǎo　　zhǐ shèng yī shuāng shǒu shēn zài wài miàn
到处瞎跑，只剩一双手伸在外面

luàn huàng　　　cóng ān nà de jiǎo dù kàn　　hǎo xiàng shì qún
乱晃。从安娜的角度看，好像是裙

zi huó le　　　zài zì jǐ pǎo ne
子活了，在自己跑呢！

就在这时，管家凯伊也来了。

"没事吧？"凯伊问道，"我听见有声响，就过来——有鬼啊！"凯伊指着那件"飘在空中"的裙子惊声叫起来。

看着眼前的混乱景象，安娜忍不住笑出了声："不是鬼，是雪宝啦。"她把那条裙子给拎了起来，雪宝终于从裙子底下脱身了。

"这……怎么回事？"凯伊目瞪口呆地看着雪宝从裙底爬出来。

"有没有人能给我个解释？"莫伦也很无语，"我在这儿缝衣服缝得好

好的，他们两个突然从墙里钻了出来。这叫什么事儿！吓死我了！"她指着安娜和雪宝说。

凯伊这下算是明白了，严肃地问道："你们俩在秘密通道里鬼鬼祟祟的干什么？"

安娜只好老实交代："我们哪，在……在查案。"

"对！查案！解谜！抓嫌疑人！"雪宝跟着乱说一气。

"呃，就是抓那个……仰慕艾莎的那个嫌疑人，你懂的。"安娜支吾着解释说。

"而且已经抓到啦！"雪宝说着，

手一指——指向了莫伦。

莫伦这下可是莫名其妙了："什

么嫌疑人？"

"还说不是你！你都在给艾莎做

裙子了！"雪宝理直气壮地说。

"拜托！我是王家御用裁缝，我

的工作就是这个呀。"莫伦答道。

她说的有道理呀！

雪宝和安娜面面相觑，在彼此的

眼睛里看到了失望——这么说，他们

又找错人了。

"所以那条冻鱼不是你送的？"雪

bǎo wèn dào
宝问道。

mò lún zhòu qǐ le méi tóu　　tā nǎ lǐ zhī dào shén
莫伦皱起了眉头，她哪里知道什

me dòng yú a　　dāng rán bù shì tā sòng de la
么冻鱼啊，当然不是她送的啦。

zài shuō le　　wǒ xǐ huan ài shā　　zhè yòu bù
"再说了，我喜欢艾莎，这又不

shì shén me mì mì　　shéi bù xǐ huan ài shā ne　　tā
是什么秘密。谁不喜欢艾莎呢？"她

xiào zhe shuō
笑着说。

zhè dào shì　　hā hā　　xuě bǎo biǎo shì yī bǎi
"这倒是！哈哈！"雪宝表示一百

fēn zàn tóng
分赞同。

què shí　　dà jiā dōu xǐ huan ài shā　　kǎi yī
"确实，大家都喜欢艾莎。"凯伊

yě zhè me shuō　　bù guò zhè yàng yī lái　　ān nà
也这么说，"不过这样一来，安娜、

xuě bǎo　　nǐ men de pái chá fàn wéi jiù tài guǎng la
雪宝，你们的排查范围就太广啦。"

tā shuō de hěn duì　　ān nà xīn xiǎng　　tā men yào
他说的很对。安娜心想，他们要

xiǎng zhǎo chū sòng lǐ wù de nà ge　　mù hòu hēi shǒu
想找出送礼物的那个"幕后黑手"，

还得有更多的线索才行。

"唉，要是有什么新头绪就好了。"安娜叹了一口气。

莫伦双手叉腰说："好了，要是你们偷窥完毕的话，我就要回去工作了。"说完，她重新立好假人模特，又开始整理那件漂亮的礼服了。

安娜和雪宝刚想回到秘密通道里，却被凯伊拦下了。

"二位，和我一起走正门吧？"凯伊打开缝纫室的门，冷冷地说道。

这下可好，秘密通道不给用了。

安娜和雪宝只好乖乖地跟着凯伊，从

^{zhèng mén zǒu le chū qù}
正 门 走 了 出 去。

^{ài wǒ hǎo dǎi shì chuān le xià nà me piào liang}
"唉，我 好 歹 试 穿 了 下 那 么 漂 亮

^{de xīn qún zi bù kuī la lè guān de xuě bǎo ān}
的 新 裙 子，不 亏 啦。"乐 观 的 雪 宝 安

^{wèi zì jǐ dào}
慰 自 己 道。

第五章

新的线索

安娜想再拿到点新线索，这个愿望第二天一早就实现了。

清晨的阳光一照进房间，她就下了床，连牙都懒得刷，头都懒得梳，衣服都懒得换，就这么穿着睡衣和拖鞋，急急地穿过门厅，滑下楼梯，跑到外面的庭院里。要知道，她平时起床可没这么勤快呢，今天这么主动，是因为她迫不及待地想看看那

个仰慕者是不是又送了新礼物来。

安娜一到院子里，就跑去看那些汩汩作响的喷泉。据凯伊说，那个仰慕者之前就是把礼物放在这儿的。喷泉有好几个，她把每一处都检查了一遍，希望能发现点什么。

不过，她什么也没有发现。

安娜正想放弃，却被什么东西吸引了注意力——在最后一个喷泉的底座附近，有一朵小小的、紫色的番红花。

"好奇怪啊。"安娜自言自语。她们的庭院里到处都铺着鹅卵石，不可

néng zhǎng chū huā lái ya
能 长 出 花 来 呀。

tā wān xià yāo zǐ xì qiáo le qiáo
她 弯 下 腰，仔 细 瞧 了 瞧。

yā nà duǒ xiǎo huā xià miàn hái yǒu gè xiǎo bù
呀，那 朵 小 花 下 面，还 有 个 小 布

dài ne
袋 呢。

shì gěi ài shā de lǐ wù ān nà míng bai guò
"是 给 艾 莎 的 礼 物！"安 娜 明 白 过

lái tā xiǎo xīn de jiǎn qǐ nà ge xiǎo dài zi yī lù
来，她 小 心 地 捡 起 那 个 小 袋 子，一 路

xiǎo pǎo huí le chéng bǎo
小 跑 回 了 城 堡。

hái méi dào ài shā de wò shì ān nà dào shì xiān
还 没 到 艾 莎 的 卧 室，安 娜 倒 是 先

yù jiàn le xuě bǎo tā yě yī dà zǎo jiù qǐ lái le
遇 见 了 雪 宝，他 也 一 大 早 就 起 来 了。

ān nà gěi tā kàn le zhè fèn xiǎo xiǎo de xīn lǐ wù rán
安 娜 给 他 看 了 这 份 小 小 的 新 礼 物，然

hòu tā men liǎ yī qǐ gǎn dào le ài shā de wò shì mén
后 他 们 俩 一 起 赶 到 了 艾 莎 的 卧 室 门

wài píng dìng xià xīn qíng qiāo xiǎng le mén
外，平 定 下 心 情，敲 响 了 门。

gāng qiāo le liǎng xià ài shā jiù bǎ mén dǎ kāi
刚 敲 了 两 下，艾 莎 就 把 门 打 开

了。她睡眼蒙眬，一看是安娜和雪宝，吃了一惊——安娜平时最爱睡懒觉了，今天这是怎么啦？

"你没事吧？"艾莎问妹妹。

"我没事！不对，我有事！是这个事！"安娜说着，举起那个小布袋，"某人的仰慕者又送来一份新礼物啦！"她赶快把礼物塞给艾莎，"快快快，快打开！"

艾莎仔细打量着这个布袋子，然后摘下那朵小花，把它夹在了耳朵后面。接着，她松开袋口，一小卷羊皮纸滑了出来，上面还是他们熟悉的歪

歪扭扭的字迹，这回写的是：

若能与你共度一天，那一定比这音乐还要美妙。

艾莎把袋子再打开一点，发现里面躺着一支精致的木制排笛。

"哇！"安娜叫起来，"这个很好看哪！"

"是很漂亮呢。"艾莎也很惊喜。

"是什么呀？"雪宝太矮了，他还没看到袋子里是什么呢。

艾莎把袋子递给他，雪宝轻轻地

把小排笛拿了出来。八根细细的木管整整齐齐地排在一起，每根木管的长度都不一样，可以吹出不同的音。

雪宝抚摸着那光滑的红木，接着把排笛举到嘴边，吹了起来——"呜……呜……"

听起来音质还真不错呢。

雪宝脑子里灵光一闪，喊道："那个仰慕者一定很喜欢音乐！"

"没错，搞不好是个游吟诗人呢！"安娜说。

"嗯！搞不好是个游吟诗人！"雪宝学着安娜的话，"游吟诗人是什么

yì si
意思？”

　　　　　　yóu yín shī rén a　　jiù shì dào chù lǚ xíng de shī
　　“游 吟 诗 人 啊，就 是 到 处 旅 行 的 诗
rén　zǒu dào nǎ dōu huì chàng gē　jiǎng gù shi　　ān
人，走 到 哪 都 会 唱 歌，讲 故 事。”安
nà jiě shì shuō
娜 解 释 说。

　　　　wā　　zhè gōng zuò yě tài bàng le ba　　xuě bǎo
　　“哇，这 工 作 也 太 棒 了 吧！”雪 宝
yī tīng jiù xǐ huan de bù dé liǎo
一 听 就 喜 欢 得 不 得 了。

"哎呀，如果是个游吟诗人的话，难怪我们昨天在城堡里找不到他啦！"安娜突然一拍脑袋。

艾莎露出疑惑的眼神，问道："昨天？在城堡里？"

"嘿嘿，昨天，我和雪宝去对你那位仰慕者做了点小调查……"安娜不好意思地承认道。

"你们居然……调查都不带上我？"艾莎突然不开心起来。

"啊，对不起！"安娜赶快道歉，"我们太心急了嘛，所以没忍住，嘿嘿……"

"再说啦，要是我们抢先调查出来，不就能给你个惊喜了嘛！"雪宝说，"爱的惊喜，哈哈哈！"

雪宝的样子把艾莎都逗笑了，艾莎说："听起来倒也没错，不过，下次你们要是再出去调查的话，也让我加入吧？毕竟，是我的仰慕者啊，我有权过问吧？"

"没问题！"安娜一口答应。

"所以，你们昨天都发现什么了？"艾莎问道。

安娜和雪宝把昨天的事情原原本本地给艾莎描述了一遍——他们如何

在秘密通道里穿梭，他们去了哪，还闹了哪些笑话……

艾莎认真地听完，一只手撑着下巴，陷入了思考："你们刚才说到旅行的游吟诗人……说不定，我们真的该出去旅行一下。"

"你是说边旅行边调查？你也觉得在城堡里查不到结果吗？"安娜说。

"对啊，"艾莎认真地分析给她听，"你看，第一份礼物是鱼——"

"一条充满爱意的鱼！"雪宝打断道。

"关键是三文鱼。"安娜说。

"没错，"艾莎点点头，"在阿伦黛尔，只有佩特拉溪里面有三文鱼。也就是说，送礼物的那个人，一定去过佩特拉溪。"

"哎呀，我们怎么没想到呢！"雪宝看着安娜，安娜也看着雪宝。

"看来，有些事还真的要本女王亲自出马。"艾莎很"厚脸皮"地开玩笑道。

第六章

佩特拉溪

艾莎、安娜和雪宝来到了城外的森林里。这片森林里长满了高大的古树，那些粗壮的枝丫在头顶交错着，仿佛形成了一个覆满整个天空的树冠。清晨的阳光从树枝之间轻盈落下，光斑在她们三人的身上跳动起来。

"啊，我好喜欢春天的森林！"雪宝深吸一口气，"到处都是嫩绿色！"

艾莎深有同感——看着第一拨植物们破土而出，那真是让人激动的景象啊。此时此刻，放眼望去，阿伦黛尔的土地上开满了番红花，那是每年抢先开放的花朵。

前方有一片空地，走近一点，他们听见了流水拍打岩石的欢快声音。

"佩特拉溪就在前面啦。"安娜说。雪宝一听，迫不及待地蹦跳着往前去。

艾莎和安娜也跟了过去，她们穿过一小片林子，脚下的草地倾斜着，引导她们来到了佩特拉溪的岸边。岸

边有些泥泞，溪水潺潺流过，银背三文鱼在清澈的水面上跃动着。

"就是这儿了。"安娜说。

艾莎屈膝跪下，仔细一看，岸边的泥土里，印下了各种各样的足迹。从驯鹿到野兔，脚印多得数不清呢。看来，这条小溪附近很热闹嘛。

"有没有那个仰慕者的脚印？"雪宝问艾莎。

艾莎摇摇头说："就算有，我们也不一定能认出来，雪宝。我们都不知道人家的脚印是什么样的。"

"既然是仰慕者，他的爱意肯定无处不在，那他的脚印搞不好都是心形的呢！"雪宝说。

"哈哈哈，怎么可能呢。"艾莎被雪宝的话逗笑了，"不过你这个想法还蛮好玩的。"

"我有发现啦！"安娜在一旁说着，指向远处——有两个人在溪边钓

鱼呢，"那两个钓鱼的说不定见过那位神秘人！"

真的有可能！艾莎、安娜和雪宝赶快沿着岸边走过去。那两个钓鱼的见了他们，笑着挥了挥手。

"下午好啊，艾莎女王、安娜公主。"说话的是位女士，她叫艾琳，安娜认识她，"这是我朋友，斯特凡。"

斯特凡礼貌地低了低头："我想向这位小家伙问好，可惜我还不知道他的名字。"

"我叫雪宝！"雪宝赶快向前，报上名字。

"雪宝你好，你们找我们有什么事呢？"艾琳问道。

"啊，我们在找一个游泳……不对，游玩……游……什么诗人！"雪宝一时想不起来那个称呼了。

"游什么诗人？"斯特凡听了一头雾水。

"是游吟诗人啦。"安娜赶快解释道。

"啊……懂了！不过，真不好意思，我们也没见过这号人物。"斯特凡说。

安娜把艾莎收到神秘礼物的事跟

这两位从头到尾说了一遍，她想问问，最近几天还有没有别人在这里钓三文鱼。

"我们每天都来钓鱼，所以能看到很多人来，"艾琳回忆说，"但是……还真没看到过小雪宝说的那种游吟诗人呢。"

"不一定是游吟诗人，"艾莎换了个思路，"也有可能是以前没来过的新面孔？"

"呀，你这么一说，前几天倒还真有个新人！"艾琳这下想起来了，"是个头发黑黑的小男生。"

听起来，他们的调查终于有眉目了。

艾莎谢过艾琳和斯特凡，雪宝为了表示一下谢意，还给了他们一人一个大大的拥抱。

他们穿过森林往回走，安娜走在最前面，她的脑子不停地转着。

"也许我们应该从另外两件礼物着手，再多找点线索。"安娜想到了第二件礼物——那个冰雕。

雪宝说那位仰慕者也许做着跟冰雪有关的工作，这也不是不可能。那么下一步，他们可以去拜访下采冰

rén　　huò xǔ zhēn xiàng de guāng máng jiù zài qián fāng la
人，或许真相的光芒就在前方啦。

wǒ men qù bīng hú ba　　ān nà duì ài shā hé
"我们去冰湖吧！"安娜对艾莎和

xuě bǎo shuō　　wǒ yǒu yù gǎn　　cǎi bīng rén shuō bu dìng
雪宝说，"我有预感，采冰人说不定

zhī dào shì shéi diāo le nà ge bīng diāo
知道是谁雕了那个冰雕。"

tā men zǒu shàng le tōng wǎng shān zhōng de xiǎo lù
他们走上了通往山中的小路。

měi duō zǒu yī bù　　zhēn xiàng fǎng fú jiù gèng jìn yī bù
每多走一步，真相仿佛就更近一步。

nà ge rè ài yīn yuè　　xǐ ài bīng diāo　　yòu ài
那个热爱音乐、喜爱冰雕、又爱

chī yú de rén　　nà ge mì mì de yǎng mù ài shā de
吃鱼的人，那个秘密地仰慕艾莎的

rén　　jiū jìng shì shéi ne
人，究竟是谁呢？

第七章

关键突破

春天虽然已经到来，但山间还是很冷。山峰上、地面上，都还盖着薄薄的一层雪。湖面也依然冻得结结实实，采冰人在湖面上辛勤劳作，他们把冰锯下来，切成块状，然后运上雪橇。

一踏上冰冻的湖面，安娜就开始不停地摩擦着自己的胳膊——实在是有点冷啊。她出门时也没想到要来

这里，所以斗篷也忘了带。寒冷的空气让她冻得直打哆嗦，可是一旁的艾莎却毫不受影响，至于雪宝——他就更不受影响了，他本来就是雪人啊。

克斯托夫也在采冰人的队伍里，他看到安娜冷得直打战，赶快脱下自己的外套递给她。

"你不冷吗？"安娜问道。

"我会怕冷？怕冷还当什么采冰人！"克斯托夫拍着胸脯，自信地说，"再说了，我干活干得一身汗，早就不冷了。"

安娜这才安心地披上了他递来的

外套。

"你们怎么不穿斗篷就上山来啦？"克斯托夫好奇地问她们。

"咳咳，我们可是有官方侦探任务在身。"安娜故弄玄虚。

"哈，我懂了，你又在玩探案游戏了。"克斯托夫很了解安娜，"每次碰上什么谜团，你就跟着了魔一样，不解开它誓不罢休。"

"你太懂我了，那你帮不帮忙？不帮忙就闪一边去。"安娜半开玩笑地推他。

"帮，必须帮。所以，嫌疑人是

谁？”克斯托夫问道。

"还没有嫌疑人。"安娜说。

克斯托夫眉毛一挑，奇怪地问道："不是在探案吗？探案怎么会没有嫌疑人？"

"我们是在找一个偷偷喜欢艾莎的人。"安娜告诉他。

克斯托夫的目光投向艾莎，眉毛打成了结，为难地说："那你这个案件难办了，大家都喜欢艾莎。"

"不过我们要找的这个人有几个特点。"艾莎说。

"他是游泳诗人！"雪宝抢着说。

"不是游泳，是游吟诗人，游吟！"安娜听了哭笑不得。

克斯托夫被雪宝和安娜弄糊涂了，什么游泳、游吟的？

艾莎只好从头解释一番——他们如何收到了三份礼物，他们刚才在佩特拉溪又打听到了什么……

"哎呀，这下我就听明白了嘛！"等她说完，克斯托夫这才搞清楚来龙去脉。

"所以我们就来这儿啦，因为那个人很可能经常玩冰雕。"艾莎说明了来意。

"我们这边的人都玩冰雕，"克斯托夫说，"最近不是要搞比赛嘛。"

"对啊，最近有那个春季冰雕大赛！"安娜突然想起来了。

每年春天，阿伦黛尔都会在冰湖举办一场冰雕大赛。安娜和艾莎很喜欢看这个比赛的，大家拿着小凿子敲敲打打，叮叮当当，两个小时过后，普通的冰块就被参赛者们雕琢成了奇妙的冰雕作品！

"大家最近一周都在练习呢，"克斯托夫说，"我带你们看看他们的作品吧。"

艾莎的神秘礼物

克斯托夫带着安娜、艾莎和雪宝来到湖区的西边。那里立着一圈冰雕，大部分是未完成品，各个形状和大小都不同。

"这些都是练习作品。"克斯托夫解释道，"很多人都在尝试用新工具雕刻。"

艾莎在这些冰雕中踱着步子，细细察看。虽然只是练习作品，不过有些雕得可真好啊。

"太神奇了，太漂亮了，简直像魔法一样。"她说。

"拜托，你自己用的那个才是魔

法呢。"安娜冲姐姐眨眨眼。冰雕虽

然厉害，但是艾莎如果出手，一定比

冰雕更神奇。

艾莎的手轻轻抚过几尊造型复杂

的冰雕，紧接着，她看到了一尊看起

来很眼熟的冰雕。她走过去，发现那

雕的是一位女士的头像。

"安娜！快来看这个！"艾莎喊住

安娜。

雪宝也蹦了过来，看到冰雕后，

他忍不住喊起来："这跟那个仰慕者

送来的礼物好像！"

没错！安娜凑上去仔细研究起

来。连凿子的痕迹都一样！

"也就是说，那位仰慕者真的来过这里。"艾莎大为震惊。

"克斯托夫！你知道这个是谁雕的吗？"安娜赶快追问。

没想到克斯托夫却说："不知

道，不过这个冰雕的做工不太好，应该是个刚学冰雕的人做的。"

"是不是哪个年轻人呢？学徒什么的。"安娜猜道。

克斯托夫想了想，说："啊，最近还真有个学徒，叫弗雷蒙德。他是一周前刚开始学的。"

"他是不是头发黑黑的？"艾莎接着问道。

"是的，你怎么知道的？"克斯托夫很是惊奇。

艾莎和安娜对望了一眼。这个男生和艾琳、斯特凡描述的那个人非

cháng wěn hé
常 吻 合 。

zhè ge fú léi méng dé shuō bu dìng jiù shì wǒ men
"这个弗雷蒙德说不定就是我们

yào zhǎo de nán shēng　　ān nà pàn duàn shuō
要找的男生 。"安娜判断说。

nán shēng　rén jia shì xiǎo nán hái　　kè sī tuō
"男生？人家是小男孩。"克斯托

fū gào su tā　　tā cái qī suì ne
夫告诉她 ,"他才七岁呢 。"

qī suì de xiǎo nán hái　ài shā xiǎng dào le le fù zài
七岁的小男孩？艾莎想到了附在

lǐ wù shang de xìn　　hái yǒu nà wāi wāi niǔ niǔ de zì
礼物上的信 , 还有那歪歪扭扭的字

jì　　xiàn zài xiǎng lái　zhè xiē lǐ wù dài diǎn tián mì
迹 。现在想来 , 这些礼物带点甜蜜,

yòu dài diǎn zhì nèn　rú guǒ bèi hòu de nà wèi　yǎng mù
又带点稚嫩 , 如果背后的那位"仰慕

zhě　cái qī suì　nà jiù shuō de tōng la
者"才七岁 , 那就说得通啦 。

nǐ zhī dào fú léi méng dé zhù zài nǎ ma　　tā
"你知道弗雷蒙德住在哪吗？"她

wèn dào
问道 。

wǒ bù què dìng　　hǎo xiàng　　shì zhù zài wài hú
"我不确定 , 好像……是住在外湖

吧。"克斯托夫回忆道。

"外湖？这范围也太广了。"艾莎说。

安娜的脑子飞快地转起来——一定有什么办法可以缩小他们的搜查范围。

"等等，第三件礼物你带在身上了吗？"她问艾莎。

艾莎点点头，她从裙子的口袋里掏出那个排笛。安娜接过来，翻来覆去地察看着，细细地摸着光滑的木头材料。她以前见过这种颜色的木材，在哪见过呢？

"这是红枪木做的。"克斯托夫也认出来了。

"如果是这样的话……"艾莎接着推理下去,"外湖的北岸,有一片红枪木林!"

"哇……"克斯托夫看看安娜,又看看艾莎,"你们这对姐妹组合很厉害啊。"

"这个组合里还有我呢!"雪宝举手说。

"那可不,有你有你,必须有你。"克斯托夫笑了起来。

第八章

惊喜变成惊吓

克斯托夫还要干活，于是艾莎、安娜和雪宝三个人下了山。离开了山间冰湖，他们重新回到了温暖空气的怀抱。安娜已经把外套还给了克斯托夫，现在她又可以尽情享受暖春的下午了。他们越走越远，带雪的山峰被白云遮住了，脚下的土地也变得越来越柔软，到处充满了绿色。

这一路花了一个多小时，不过路

上他们边走边看风景，一点也不累。

他们甚至走到了一处峡湾，那里陡峭的悬崖下，海水肆意地翻腾着。

安娜脚下迈着步子，脑子里想的全是那位小小仰慕者的事。他选了这么多特别的礼物给艾莎，那他自己，又是什么样的人呢？他很喜欢冰雕，不过另外两件礼物又是什么意思呢？他也喜欢钓鱼吗？他会吹那支排笛吗？她和雪宝猜了一路，也不知道猜得对不对。

他们终于到了那片红桤木林。又高又瘦的树木们紧密地错乱排开，它

们的树干细细长长，长着节疤。树皮是灰白色，里面的木头是淡红色的，所以，用它做成的排笛才显得格外别致。

闪闪发光的绿叶在头顶舒展开来，树林里一片寂静，只有风吹树叶的沙沙声。不过仔细听，安娜、艾莎和雪宝还可以听到远处湖水拍打湖岸的声音。

三个人穿过林子，走到了湖岸旁。在湖边，有一个小木屋，窗户是蓝色的，前面还有个小院子，栽满了五颜六色的花。透过窗子，他们看

dào lǐ miàn yǒu rén yǐng zài dòng
到里面有人影在动。

　　tū rán　　xiǎo wū de mén dǎ kāi le　　yī gè hēi
　　突然，小屋的门打开了，一个黑

sè tóu fa de xiǎo nán hái pǎo le chū lái　　tā bǎ yī tiáo
色头发的小男孩跑了出来，他把一条

chuáng dān wéi zài jiān bǎng shang dàng pī fēng　　zuǒ shǒu hái wò
床单围在肩膀上当披风，左手还握

zhe yī zhī mù jiàn
着一支木剑。

小男孩显然是没有发现这三位客人，他径直跑到湖边，挥舞着他的宝剑。看来，他是在和一个想象中的怪物决斗呢。

"嗨！吃我这招！女王陛下，别担心，我们一定可以一起拯救王国的！"

这个小男孩好入戏呀。

看他玩得这么开心，安娜和艾莎都笑了——她们小时候不也是这么玩的吗？艾莎拍了拍安娜和雪宝的肩膀，示意他们一起躲到树后面去，她可不想打扰这个小男孩。看他这么活

泼又富有创造力的样子，一定就是弗雷蒙德了。

"你说我们要不要给他个惊喜？"艾莎问安娜。

"你想怎么给惊喜？"安娜反过来问她。

艾莎的手指在空中旋转起来，变出了一簇雪花和细碎的冰晶。她的手轻轻一抬，把冰晶送到了湖边，它们落在地上，竟开始变成一条巨大的怪龙！

弗雷蒙德不是想和怪物决斗吗？那她就给他造一个出来！

可惜弗雷蒙德没看到这神奇的景象，他还在陶醉地和空气搏斗呢。

不一会儿，冰雪龙就完成了，它足足有三米高，翅膀展开，像要飞起来似的。午后的阳光打在它的背上，如同舞台灯光一样炫目。

"咳咳！"艾莎故意咳了咳，发出点声响。

弗雷蒙德听到了，转身一看，就看到了这座不得了的冰雕。他的眼睛瞪得又大又圆，他发出了一声尖叫："啊——"

下一秒，他哭了。

艾莎的神秘礼物

"啊，"艾莎觉得大事不妙，"惊喜好像变成了惊吓……"

弗雷蒙德把剑一丢，撒开脚丫子狂奔起来。"救命啊！救命啊！"他惊慌失措地喊着。

艾莎赶快从树后面跑出来，喊道："喂，等一下！"她跑去追弗雷蒙德了。

弗雷蒙德一回头，看见艾莎女王居然跟在他屁股后面，这下他更惊讶了——一会儿冒出条怪龙，一会儿又看到艾莎女王，这简直是他有生以来最刺激的下午啦！他脚下一绊，失去

了平衡，幸亏艾莎及时赶到，一把捞
住了他。

"陛……陛……陛下！"弗雷蒙德
说话都不利索了。

"不好意思吓到你了，那不是真
龙，是我为你做的冰雕。"艾莎解释
道，"我看到你在和想象中的'怪
兽'战斗，所以，我想给你个真的
'怪兽'。"

弗雷蒙德的脸涨得通红："哇，
这个冰雕也太真了！"他终于冷静下
来，可是一想到自己刚才假装和龙
战斗的样子被女王看到了，他又觉得

好丢脸。在他的想象里，他是要拯救整个国家的人，可是在现实中……

"我，我被女王救了。"他不好意思地说道。

艾莎笑了笑，说："大家都有可能被别人救啊，就算是女王和公主也不例外。我妹妹安娜就救过我。"

弗雷蒙德的眼睛一下亮了起来，问道："安娜公主也来了吗？"

听到有人提到自己，安娜拉着雪宝从树后面走了出来："不仅有我，还有雪宝呢。"

雪宝大大方方地跳上前跟弗雷

蒙德握手。弗雷蒙德激动坏了："他
是活的雪人！"

"当然啦！你喜欢温暖的拥抱
吗？我见谁都要抱一下！"雪宝开心地
答道。

艾莎和安娜朝弗雷蒙德点点头，
鼓励他上前。弗雷蒙德张开手臂，
雪宝用力迎了上去，两个人笑得咯
咯响。

等他们分开了，弗雷蒙德不可置
信地自言自语起来："我抱了个雪人！
活的雪人！"接着他又拍着手跳起
来，"我还遇到了艾莎女王和安娜公

艾莎的神秘礼物

主！"想到这里，他突然站直，拍拍自己身上的灰，又捋了捋床单斗篷，说道，"我还没向你们正式做自我介绍呢！"

他深深鞠了一躬，说："我叫弗雷蒙德，不过你们可以叫我弗雷德。"

艾莎见状，行了个屈膝礼，回答道："很高兴认识你，弗雷德。我有个问题要问你。"

"什么问题啊？"弗雷蒙德问道。

"有人一直在给我送礼物，你知不知道是谁呢？"艾莎很含蓄地问。

弗雷德的脸突然红了，眼睛也躲

躲闪闪地看向自己的脚指头。在艾莎

面前，他变得好害羞呀。

"说实话吧，没关系的。"艾莎温

柔地说。

弗雷德点点头，他鼓足了勇气，

抬头看向艾莎，说："妈妈经常跟我

说要讲实话，那我就讲咯……是我，

我就是那个偷偷仰慕你的人。"

第九章
小小冰雕师

“哈哈！终于找到啦！”雪宝开心地叫起来。

可不是嘛，他们找了这么久，现在终于揭开了谜底。

艾莎冲弗雷蒙德暖暖地一笑，说：“你送我那么多礼物，真是太谢谢你了。不过，你为什么要这么做呢？”

“因为……因为你是这里最优雅的

女孩子！"弗雷德的脸又红了，他突然想起什么似的，"哎呀，我差点忘了！还有个东西要给你呢！"

他从口袋里掏出一块锃亮的鹅卵石，然后单膝跪下，将鹅卵石递给艾莎，说道："艾莎女王，你愿意嫁给我吗？"

"啊，你太可爱了。但是你为什么要跟我结婚呢？"艾莎没有慌张，反而饶有兴趣地问道。

"我也不知道。"弗雷德傻傻地说，"好吧，其实是因为你的冰雪魔法好厉害！"说着，他又回头看了看

那尊巨大的龙冰雕，叹了口气，"明天我就要参加冰雕比赛啦，我好希望你能教教我呀。"

"当然可以教你啦。"艾莎回应道，"不结婚我也可以教你。"

"真的吗？不结婚也可以教我吗？"弗雷德眨巴着无辜的大眼睛。

艾莎和蔼地摇摇头，说："对，不用结婚，我们只要成为好朋友就可以了。"

弗雷德开心得跳了起来："那我们现在已经是朋友了？"

"嗯！"艾莎给了他一个肯定的

wēi xiào
微笑。

fú léi dé duì ài shā　ān nà hé xuě bǎo tāo tāo
弗雷德对艾莎、安娜和雪宝滔滔
bù jué de shuō qǐ le zhè cì bǐ sài　yuán lái　tā xiǎng
不绝地说起了这次比赛。原来，他想
hǎo hǎo diāo yī zūn ài shā de tóu xiàng　kě shì diāo rén wù
好好雕一尊艾莎的头像，可是雕人物
bǐ diāo qí tā dōng xi gèng nán　suǒ yǐ tā de zuò pǐn hé
比雕其他东西更难，所以他的作品和
bié rén bǐ qǐ lái　zǒng shì chà le yī dà jié
别人比起来，总是差了一大截。

ān nà gěi fú léi dé tí le diǎn xiǎo jiàn yì　nán
安娜给弗雷德提了点小建议："难
bù shì wèn tí　yù dào nán shì jiù duō liàn xí　zhǐ yào
不是问题。遇到难事就多练习。只要
jiān chí liàn xí yī duàn shí jiān　nǐ jiù huì fā xiàn tā biàn
坚持练习一段时间，你就会发现它变
róng yì la
容易啦！"

ng　fú léi dé rè qíng de diǎn diǎn tóu
"嗯！"弗雷德热情地点点头，
wǒ mā ma yě zhè me shuō　bù guò　wǒ liàn xí hěn
"我妈妈也这么说，不过，我练习很
jiǔ hěn jiǔ le　dàn zěn me hǎo xiàng yī diǎnr　zhǎng jìn
久很久了，但怎么好像一点儿长进

都没有呢？"

"那你到底练习多久了呢？"安娜问道。

"练了好几天了！"弗雷德长叹一口气，肩膀也失望地沉了下去，"我的技术还很差呢。"

"加油啊！"雪宝在一旁为他打气。

艾莎也温柔地鼓励他说："有些事情就是要花时间慢慢来，不要觉得是自己不够好，要相信自己，你绝对没问题的！"

"真的吗？我……真的可以吗？"

弗雷德还是将信将疑。

"我觉得你很棒啊,"艾莎坚定地说,"啊,我有主意了。"

"什么主意?"弗雷德为之一振。

"既然人物很难雕刻,那就试试简单的吧?"艾莎提议道。

听起来很有道理,可要是换内容的话,换什么好呢?

雪宝突然摆了个酷酷的姿势,咳了两声:"咳咳!"

"噢——"安娜顿时明白了雪宝的意思,"要不雕个雪人吧?雪人很好雕的,你看,身体就是两个大圆球,脑

艾莎的神秘礼物

dai jiù shì gè tuǒ yuán
袋 就 是 个 椭 圆 。"

　　　　hǎo zhǔ yi　　　fú léi dé zǐ xì de guān chá le
　　"好 主 意 !" 弗 雷 德 仔 细 地 观 察 了

yī xià xuě bǎo de wài xíng　　kāi xīn de zhǎ zhǎ yǎn　　zhè
一 下 雪 宝 的 外 形 , 开 心 地 眨 眨 眼 , "这

ge wǒ néng diāo chū lái
个 我 能 雕 出 来 !"

　　　　zhè shí　　yǒu rén zài hǎn tā le　　　　fú léi méng
　　　　这 时 , 有 人 在 喊 他 了 : "弗 雷 蒙

dé　　huí lái chī fàn le
德 ! 回 来 吃 饭 了 !"

128

艾莎一抬头，看到一位女士站在湖边小屋的门口，她抬起一只手挡住夕阳，眼睛左看右看，应该是在找什么人。

"妈妈！我在这里！"弗雷德叫道。

弗雷德的妈妈笑着走过来，等她走近了，认出了艾莎女王和安娜公主，一下子惊得停住了脚步。紧接着，那只巨大的冰雪龙也被她瞧见了，这下她直接吓得叫出了声："我的天哪！"

"别怕，妈妈！是假的！"弗雷德赶快告诉她。

"龙是假的，我们是真的！"雪宝补充道。

"真是太稀奇了！"弗雷德妈妈赶快上前对艾莎和安娜行了个屈膝礼，"陛下，能见到您真是太荣幸了！我是玛丽卡，弗雷蒙德这孩子没给你们添麻烦吧？"

"我有好好讲礼貌的，妈妈！"弗雷德说。

"放心吧，他是个礼貌的好孩子。"艾莎也替他证明，"明天他就要参加冰雕比赛了，我到时候准备给他点指导。"

"可以吗，妈妈？"弗雷德祈求地看向妈妈。

"哎呀，您可真是大好人！"玛丽卡很开心，"弗雷蒙德，还不快谢谢女王陛下！"

"超级谢谢你！艾莎女王！"弗雷德比妈妈还要开心一百倍。

玛丽卡上前揉了揉儿子的头发，说："好啦，小伙子，进屋洗手吃晚饭啦，你爸爸还在等我们呢。"

弗雷德兴奋地对艾莎、安娜和雪宝鞠了个躬，然后迈着欢快的步伐，回家了。

第十章

春季冰雕大赛

第二天一早，姐妹俩又要起程去冰湖了，这次是为了比赛。而这一回，安娜也记得带上厚厚的斗篷了。她穿得暖烘烘的，和艾莎、克斯托夫、弗雷德，还有雪宝一起，来到了冰面上。

弗雷德的父母和其他的观众一起，围在湖岸上。大家都从城里赶来，专程来看这场春季冰雕大赛。

今年一共有十位选手参赛，每个人都拿到了一块将近一米高的冰块，他们有两个小时的时间，去打磨、创造自己的作品。

弗雷德紧张地站在他的冰块前，虽然艾莎、安娜和雪宝都在旁边为他鼓劲儿加油，可他还是好紧张啊，毕竟，比赛中他要独立完成自己的雕刻任务呢。

"我我我……我好慌啊……艾莎女王……"弗雷德的手心全是汗，嗓子也哑了。

"别怕，弗雷德，"艾莎安慰道，

"记得我们昨天说的吧？你就想简单点——只要做两个圆球，一个椭圆就好了。"

就在这时，比赛的哨声吹响了——比赛正式开始！

弗雷德拿起锤子和凿子，雪宝在旁边摆了个夸张的造型，弗雷德要做的，就是把他的动作临摹下来。

"加油！加油！"安娜在给他呐喊助威。

弗雷德开始动手凿冰了，不过他可不能急，因为冰雕是求慢求稳的细致活儿。

第一步，要把冰雕成圆弧形，他开始用凿子把所有的棱角磨平。

"就按这个思路走，弗雷德。"艾莎在一旁指点道。

弗雷德笑了笑，专心于手上的工作。接下来的一个小时，他一直全神贯注地皱着眉头，凿子一下又一下地敲在冰上——叮！叮！

艾莎看到弗雷德的冰块已经成型了：底部被雕成两个圆球，上面顶着一个椭圆形。

弗雷德退后两步，看了看自己的作品。他把工具一放，两只手在外套

上蹭来蹭去，脸色看起来不太好。

"怎么啦？"艾莎觉得不太对劲。

"别人雕的都好好哇……我的就……好像有点……"他环顾四周，看到别的参赛者雕的都是些又夸张又复杂的造型。

"怎么会呢？"艾莎鼓励道。

可是弗雷德摇摇头，情绪低落地说："我雕的身体根本就不圆，头也有点变形……"

"你还是个初学者呀，"艾莎提醒他，"初学者能雕成这样已经很不错了，真的。"

"唉，要是我跟你一样会魔法就好了！"弗雷德伤心地说，"你不管变什么出来，都很好看的！"

艾莎半跪到地上，直直地看着弗雷德的眼睛说："你知道吗？我控制魔法的能力，也是经过了长时间学习才掌握的。再偷偷告诉你，即使是我，有时候做出来的东西跟我想的效果也不是一模一样的。"

"真的？"弗雷德没想到，艾莎也有跟他一样的困扰。

艾莎点点头，又轻轻地对他说："再告诉你一个小秘密，世界上除了

我，还有别人会魔法。"

"啊？谁呀？"弗雷德的眼睛一下子睁大了。

"就是你呀。"艾莎说。

"我？"弗雷德不相信，他只是个普通的小男孩，怎么会有魔法呢？

"你有的，不过你的魔法跟我的不一样，你的魔法，叫作创造力和想象力。"艾莎告诉他。

"哪有？你是安慰我才这么讲的吧！"弗雷德还是不相信。

"我是认真的。"艾莎认真地说，"你送给我的礼物就很有创意。别人

都只会送鲜花啊、珠宝啊，可是你不一样，你送我的东西是世界上独一无二的！是你用自己的手亲自打造的！"

弗雷德突然觉得，艾莎说的有点道理："好像真是呢……"

"对啊，那个排笛不是你自己手工做的吗？"艾莎歪着头问他。

"嗯！是我爸爸去年教我做的！"弗雷德自豪地说。

"你做得很精致，刻木头的刀工也很棒。不如，把你的刀工用到冰雕上来？"艾莎建议道。

听了这番话，弗雷德重新审视起面前的那块冰。他绕着它走了一圈，伸出手在它表面摸了摸，然后从口袋里掏出一把削木头的工具。他用这新道具削了削冰块，顺利地刮下了一层薄薄的冰。

"真的可以！"弗雷德惊喜万分。

艾莎也冲他笑了笑。他好像一下子受到了鼓舞，重新投入了工作。

唰唰唰——唰唰唰——冰屑纷飞起来，在他脚下堆成了一座小山。

"你超级无敌一级棒！"安娜继续为他呐喊助威。

"而且雕得越来越像我啦！"雪宝也开心极了。

弗雷德的状态越来越好，他完完全全地投入了进去，时间就在他的雕琢中，慢慢地流逝……终于，嘟——比赛结束的哨声吹响了！参赛者们纷纷放下工具，一个个信心十足地站到一旁。

这回，弗雷德没有垂头丧气了，而是满意地笑了。他雕的雪宝雕像非常、非常、非常逼真！逼真到连那根胡萝卜鼻子都和雪宝的鼻子一个样！

两位裁判走过来，挨个儿审查参赛作品。当他们看到弗雷德的作品时，他礼貌地鞠了个躬，裁判们打量了下"冰雕雪宝"，然后都笑了。

"他们笑了，那就是喜欢我的作品咯？对不对？艾莎女王？"弗雷德很小声地问道。

"希望如此。"艾莎老实回答。毕竟，裁判的心思，她也不知道。

"祈祷祈祷！"安娜嘴里念叨着。

"七祷！八祷！还要九祷！"雪宝还没搞清楚"祈祷"的意思，跟在安娜后面乱念。

大家耐心地等裁判们将所有作品察看了一遍。他们又私下讨论了一番，最后宣布：比赛结果出来了。

"获得今年春季冰雕大赛第一名的是——索肯·埃克森！"首席裁判大声宣布。索肯也是个采冰人，他已经连续参赛好几年了，不过这还是他第一次拿奖呢。底下的观众都为他欢呼起来。

就在索肯上前拿奖杯的时候，另外几位获奖者名单也陆陆续续被念出来了。弗雷德没有拿到名次，他得的是鼓励奖。不过，当念到他的名字

时，他还是开心得蹦了起来，一溜烟

跑上前，接过他的鼓励奖绶带。

拿到属于他的小小荣誉后，弗雷

德跑去拥抱了爸爸妈妈。然后，他又

飞快地跑到艾莎、安娜和雪宝跟前，

扑上前给了艾莎一个大大的拥抱，差

点把艾莎给撞倒。

艾莎也笑着紧紧抱住了他："你

太棒啦！弗雷德，我为你骄傲！"

"谢谢你！谢谢你！"弗雷德这时

也没有忘记礼貌，"虽然我没有拿

奖，但是我获得了艾莎女王的专门

指导！嘿嘿，我很满足啦！我会永远

记得今天的！"

他的样子太可爱了，艾莎、安娜和雪宝都忍不住笑了。

"我也会永远记得今天的。"艾莎真诚地说，"今天，某个仰慕我的人，变成我真正的朋友啦。"

比赛结束了，人群也散去了，弗雷德要跟着父母回家了。艾莎、安娜和雪宝也要返回城堡了，他们穿过一大片番红花地，艾莎发现安娜的表情有点沮丧。

"怎么啦，安娜？"艾莎关切地问妹妹。

"没什么。"安娜说着，表情还是阴郁得很。

艾莎的眉毛一皱，她知道妹妹没有说实话。她定定地看着安娜，安娜只好乖乖说出了自己的心里话："唉，仰慕者的谜题都解开了，我突然觉得好空虚啊。"

"哈哈，你和雪宝一定很快就会发现别的谜题。"艾莎最了解妹妹了。

"也对。"安娜不好意思地承认说。她又和艾莎安安静静地并肩走了一段路，突然，安娜叫了姐姐一声："艾莎！"

"嗯？"

"这次事件过后……嗯……你会不会觉得……你，也想要一个真正的另一半呢？"

艾莎伸出一只胳膊，轻轻地环住安娜的肩膀："我已经有另一半了呀，我妹妹就是我的另一半！"

安娜开心地笑了。

"那我呢？我不是你的另一半吗？"雪宝赶快插进来说。

"你也是！你们都是我的另一半！"艾莎戳了戳他的鼻子。

图字 11-2017-161 号
图书在版编目（CIP）数据

艾莎的神秘礼物/美国迪士尼公司著;伍美珍儿童
文学工作室改编. —杭州:浙江少年儿童出版社，
2020.6
（冰雪奇缘注音故事书）
ISBN 978-7-5597-1740-5

Ⅰ.①艾⋯ Ⅱ.①美⋯ ②伍⋯ Ⅲ.①儿童故事—美
国—现代 Ⅳ.①I712.85

中国版本图书馆 CIP 数据核字（2020）第 086694 号

冰雪奇缘注音故事书
艾莎的神秘礼物
AISHA DE SHENMI LIWU
［美］迪士尼公司/著
伍美珍儿童文学工作室/改编

文字编写　谢　雨
责任编辑　金　超
美术编辑　柳红夏
特约编辑　叶　瑛
责任校对　唐佳佳
责任印制　孙　诚

浙江少年儿童出版社出版发行
　（杭州市天目山路 40 号）
杭州日报报业集团盛元印务有限公司印刷
全国各地新华书店经销
开本 889mm×1300mm　1/32
印张 4.75　插页 3
字数 32000　印数 1—10000
2020 年 6 月第 1 版
2020 年 6 月第 1 次印刷
ISBN 978-7-5597-1740-5
定价：28.00 元
（如有印装质量问题,影响阅读,请与承印厂联系调换）
承印厂联系电话：0571-86909347